RED
RIDING HOOD
赤ずきん

JN069076

RED RIDING HOOD
赤ずきん

ビアトリクス・ポター 再話

シャルル・ペローのフランス語より翻案

ヘレン・オクセンバリー 絵

角野栄子 訳

文化出版局

RED RIDING HOOD retold by Beatrix Potter and illustrated by Helen Oxenbury
This book first published in Great Britain in 2019 by Frederick Warne & Co., a part of the Penguin Random House UK group
Registered address: 20 Vauxhall Bridge Road, London, SW1V 2SA
Text copyright © Frederick Warne & Co., 1971-2019
Foreword and illustrations copyright © Helen Oxenbury, 2019
Frederick Warne & Co. is the owner of all rights, copyrights and trademarks in the Beatrix Potter character names and illustrations.
The moral right of Helen Oxenbury as the author of the foreword and as the illustrator of the illustrations has been asserted.

Copyrighted and published in Japan by
EDUCATIONAL FOUNDATION BUNKA GAKUEN BUNKA PUBLISHING BUREAU.

Japanese translation rights arranged with Frederick Warne & Co., London
through Tuttle-Mori Agency, Inc., Tokyo.

Printed in China.

日本語版スタッフ
協力　市河紀子
レイアウト　森本由美（文化フォトタイプ）
校閲　石川よう子
編集　大沢洋子（文化出版局）

RED RIDING HOOD
赤ずきん

ビアトリクス・ポター　再話
ヘレン・オクセンバリー　絵
角野栄子　訳

2020年11月22日　第1刷発行

発行者　濱田勝宏
発行所　学校法人文化学園　文化出版局
〒151-8524 東京都渋谷区代々木3-22-1
電話03-3299-2489（編集）　03-3299-2540（営業）

Japanese text©Eiko Kadono 2020
本書のイラスト及び内容の無断転載を禁じます。

NDC726 40p 255×191mm

文化出版局のホームページ http://books.bunka.ac.jp/

はじめに

　最初に原稿を読んだ瞬間から、私はビアトリクス・ポター再話の赤ずきんを描きたくてたまらなくなりました。ポターの語るお話に出てくるのは、野の花でいっぱいの牧草地や、シラカバの林、菜園の作物を支える棒など、どれもイギリスの田舎の風景に根ざしたものばかりで、描くのは楽しいに違いないと思いました。

　ポターの語るお話は、私が子どものころから知っていたものとはずいぶんと違っていました。それは、シャルル・ペローのオリジナル・フランス版により近く、暗い結末だったのです（「そして、それが赤ずきんのさいごでした」——なんというショック！）。けれど子どもたちは、お話のなかのちょっとした怖さが好きなものです。そして私自身はオオカミをそんなに悪者にはしたくないのに、ポターのずるくて抜け目のないオオカミの描写に、なによりも惹きつけられてしまいました。よく俳優たちが、いい人ばかり演じたあとに悪党を演じるのは楽しいと言いますが、この悪いオオカミを描くにあたって、私はまさにおなじように感じていました。こんな悪いやつを描くなんてめったになく、それに取り組むのは楽しい冒険でした。やせこけた策士として登場したオオカミは、最後には、おばあさんと赤ずきんでふくらんだおなかを抱えて、よろよろと帰っていくのです。ポター原稿の結末はいくぶんブラックなのに、ユーモアもたっぷり感じられました。ラストでショックを受けてしまう気弱な人のために、私はその先を暗示するような終わり方を用意しました。最後の絵をよく見れば、気づいていただけるはずです。こんなに太った体で、オオカミが木こりより速く走れるはずはありません……。

ヘレン・オクセンバリー

むかしむかし、ある村にとってもかわいい女の子がいました。「こんなかわいい子は、見たことない」みんなが口をそろえて言うほどでした。

おかあさんは女の子を、それはそれはかわいがっていました。おばあさんときたら、もっとかわいがっていました。

おかあさんは女の子のために、真っ赤なフランネルの布でフードのついたコートを作りました。赤い色は、女の子の黒い巻き毛にとてもよく似合いました。

女の子はどこへ行くにも、それを着ていきました。それで村の人たちは、〝赤ずきんちゃん〟と呼ぶようになりました。

ある日のこと、おかあさんはお菓子を焼くと、
赤ずきんちゃんを呼んで言いました。
「おばあちゃんの具合が悪いらしいの。赤い
コートを着て、お菓子をもっていってあげて」

「バスケットにスコーンと、バターを少しいれ
ておいたわ。急いで行ってきてね。帰ってきた
ら、おばあちゃんのようすを聞かせてちょう
だい」

「わかったわ、おかあちゃん」
赤ずきんちゃんは出かけていきました。おばあさんはべつの村に住んでいるのです。

赤ずきんちゃんは、丘をこえ、谷を下っていきました。牧草地はお日さまの光を浴びてきらきらと輝き、シラカバの林では葉っぱの影がちらちらと揺れていました。

あたたかく陽のあたる森の空き地では、白いマートルの花の
甘い香りがします。西のほうから風がやさしく吹いてきます。

その風に乗って、にぎやかな音が聞こえてきました。木を切
る斧の音と働く木こりたちの陽気な歌声です。

「うたえ　ナラの木、うたえ　ブナの木、
わしらも　うたう、エイ　ホイ　エイ　ホイ！
お日さん浴びて　葉っぱも　うたう、
かたい木、ふとい木、なんでもござれ、
わしらの腕の　見せどころ、エイ　ホイ　ホイ！」

遠くのほうから、べつの歌声も聞こえてきます。

「ちからいっぱい　斧をふれば、
エイ　ホイ　エイ　ホイ！
ナラの木、ブナの木、なんでもござれ、
エイ　ホイ　ホイ！」

その声はしだいに遠ざかり、
やがて聞こえなくなりました。

赤ずきんちゃんを見た人は、だれもいませんでした。

森と牧草地を分けている木戸のそばに、大きな灰色オオカミがすわっていました。

そのオオカミは木戸の上にあごをのせて、木こりたちの元気な歌を聞いていました。

オオカミは木こりたちが怖くて、とてもやぶのなかの自分のねぐらに帰る気がしないのです。

それで木こりたちのことを思うと、赤ずきんちゃんがやって
きても、おそう気になりませんでした。
オオカミはもう3日もなにも食べていなかったので、口から
よだれがぽたーりと出てしまいました。

オオカミの大きな耳にはずっと、木こりたちの陽気な歌声や、木が倒れる音が、風に乗って聞こえていたのです。

「おじょうちゃん、どこへ行くんだい？」
げっそりやせた灰色オオカミは聞きました。

赤ずきんちゃんは、オオカミと話すことが、あぶないことだとは知りませんでした。

「あのね」赤ずきんちゃんは言いました。
「あたしね、おばあちゃんのとこに行くのよ。これはおかあちゃんが焼いたお菓子で、こっちはバターよ」と、赤ずきんちゃんは、バスケットの上の白い布をめくって見せました。

「おばあちゃんは遠くに住んでるのかい？」
オオカミが聞きました。

「ええ、そうなの。この広い牧草地を横切って、風車小屋の向こう。村のいちばんはずれのおうちよ」
赤ずきんちゃんは答えました。

「ほほう！」オオカミはぐーんと背伸びをして言いました。
「おれも、おばあちゃんに会いにいってもいいかな。どうせひまで、やることねえし」

「そうだ、おれは森に沿った馬車道を行こうかな。
おまえさんは、小さい橋の向こうの小道を行ったらどうだい。
どっちが近道か試してみようじゃないか」

オオカミは背中を丸めて、ひょこたん、ひょこたんと馬車道をゆっくりのぼっていきました。

ところが、塀の角を曲がったとたん、木のあいだに隠れるようにして大きく足を広げ、ダダッと走りだしました！

赤ずきんちゃんは、
木戸にのぼって
のんびり木の実を
とったり……、

牧草地の道を
ぶらぶら歩きながら
お花をつんだり……、

そのお花で
おばあさんにあげる
花束をつくったり……。

24

橋をこえた土手の草のあいだに、赤ずきんちゃんは自分の
コートとおんなじくらい真っ赤なイチゴを見つけました。

赤ずきんちゃんはイチゴをつむと、それを、大きな葉っぱに
くるんで、バスケットにしまいました。

そのあと、やっと赤ずきんちゃんは道を歩き
はじめました。でも、風車小屋を通りすぎる
ころには、もう金色のお日さまはだいぶ西に
かたむいて、赤ずきんちゃんの影も、木の影
も斜めに長く伸びていました。

赤ずきんちゃんを
見た人は
だれもいません。

オオカミは、近道を必死で走りました。

風車小屋が見えたとき、オオカミは小川と垣根をとびこえ、
ぱっと丘の斜面におりました。

それから、シダや岩のあいだをこそこそ歩き、村のいちばん
はずれにある、おばあさんのうちにつきました。

塀の壊れたところをくぐり抜け、薪小屋のうしろをまわって、
キャベツと豆畑のあいだに忍びこみました。

そしてスイカズラの花が咲いている玄関の前に立ったとき、
オオカミの邪悪な目は、夕日にあたってぎらっと光りました。

オオカミはドアをたたきました。パタ、パタ、パタ！　手の
ひらでそうっとやさしく。

「どなた？」

「赤ずきんよ、おばあちゃん」
オオカミは猫なで声で言いました。
「お菓子とバターをもってきたの」

具合が悪くてベッドに寝ていたおばあさんは、大きな声で言
いました。
「ひもをひっぱってごらん、ドアがあくから」

言われたとおりに、ひもをひっぱると、ドアがあいて、オオ
カミはするりっとなかに入りこみました。そして、ベッドの
足元からおばあさんにとびかかりました！

オオカミは、とってもおなかがすいていたのです。なにしろ
3日間なにも食べていなかったのですから。

あっというまに、おばあさんの姿は消えてしまいました。あ
とに残ったのは空のベッドだけ……。

食事が終わったはずなのに、オオカミはまだ少しおなかがすいていました。

オオカミはドアを閉め、おばあさんのナイトキャップをかぶり、ねまきの上にカーディガンをはおると、ベッドにもぐりこみました。

オオカミはふとんの下に隠れ、目のところまでひっぱりあげました。そして、赤ずきんちゃんを待ちかまえました。

　まもなく、だれかがドアをたたきました。トン、トン、トン！

　「どなた？」オオカミはベッドのなかから言いました。

赤ずきんちゃんは、その声がとてもがさがさしていたので、びっくりしました。でも、風邪のせいで、おばあちゃんはおかしな声になってるんだわと思いました。

「あたしよ、おばあちゃん、赤ずきんよ。おかあちゃんに言われて、お菓子とバターをもってきたの」

オオカミはできるだけ声を小さくして、言いました。
「ひもをひっぱってごらん、ドアがあくから」

赤ずきんちゃんがひっぱると、ドアがあきました。

オオカミは、ふとんのなかでちぢこまっていました。

そしてかすれた低い声で言いました。「お菓子とバターは食器棚のところへおいておくれ。靴をぬいだら、ベッドのわたしのそばにすわっておくれ」

赤ずきんちゃんは、泥だらけの靴をぬぐと、おばあさんにキスしようと、ベッドによじのぼりました。

するとおばあさんは、いきなりふとんをはねのけ、起きあがりました。

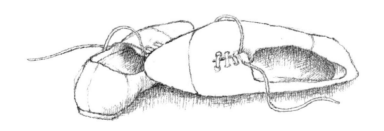

「おばあちゃんたら、その腕、
なんて太くて毛むくじゃらなの！」
赤ずきんちゃんは驚いて言いました。

「それはね、おまえを
ぎゅっと
抱きしめるためさ」

「おばあちゃん、ナイトキャップの下のお耳、
なんて大きくって、毛だらけなの！」

「それはね、おまえのおしゃべりを
よーく聞くためさ」

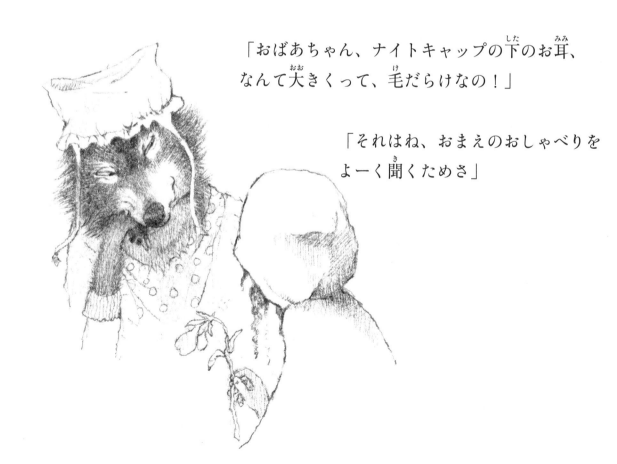

「でも、おばあちゃん、お目めが黄色くなってるわ」

「それはね、かわいいおまえをよーく見るためさ」

「でも、でも、おばあちゃん、その白い歯、すごくとんがってるよ！」

そして、それが赤ずきんのさいごでした。

オオカミ
The Wolf

赤ずきん
Red Riding
Hood

木こり
Woodcutters